Samad in the Desert

Saamaad Gammoojjii Keessa

SAMAD IN THE DESERT
SAAMAAD GAMMOOJJII KEESSA

Mohammed Umar/Mahaammad Umar

ENGLISH-OROMO BILINGUAL EDITION

Illustrated by Soukaina Lalla Greene/
Ibsi fakkii Sokaayinaa laalaa Giriin
Translated by Berhanu Tedla, edited by Brook Beyene

Salaam Publishing London
Maxxansaa Salaam Landan

First published in Great Britain 2016
Salaam Publishing London
Salaampublishing@gmail.com   www.salaampublishing.com

Yeroo Jalqabaatif bara 2019 Biyyattii guddoo Biritaaniyaa
keessatti maxxanfame.
Maxxansaa Salaam London
Salaampublishing@gmail.com   www.salaampublishing.com

ISBN 978-1-912450-20-6.

For Salim, Karim & Nafisa
M. U.

For Kevin Lyons
S.L.G.

Our heartfelt appreciation to Cecilia Greene

Special thanks to Samad, Fajr, Safia, Asghar, Sami, Lailuma & Irfan Ullah

Saaliim, Kariim fi Nafiisaa dhaaf.
M.U

Keevan Laayansiif
S.L.G.

Raajeffannaan onnee keenya irraa Sisiiliyaa Giriiniif Galatni addaa

Saamaad, Fajiir, Saafiyaa, Asgaar, Saamii, Laayluumaa fi Arfaan Ullaahif

Once upon a time there was a boy and his name was Samad. Samad's dream was to spend a whole day in the desert, meet the animals and swim in the oasis. After the animals met and heard about Samad's dream, they agreed to make it come true.

One cloudless morning Samad started his adventure into the desert.

Guyyoota keessaa gaaf tokko mucaa Saamaad jedhamu tokko ni jira ture. Guyyaa guutuu gammoojjii keessa ooluu, bineensota waliin wal baruu fi eela keessa bishaan daakuun abjuu Saamaad kan ture dha. Bineensotni erga walga'anii fedhii Saamaad beekaniin booda, isa argachuuf waliigalan.

Guyyaa tokko ganamaan ka'ee samiinis ifa waan tureef Saamaadis deemuu isaa itti fufe.

First Samad saw an eagle that flew over him.
Soon the bird sang for him.

Welcome to the desert
Where the air is still and warm
And water is scarce but sand is plenty
Where it's hard to play hide and seek
And humans are few and kind

Saamaad jalqaba irratti allaatti guddaa isa irraan
balali'ee darbu arge. Allaattichis faaruu faarseef.

Gara qilleensa hoo'aa bakka sagaleen hinjirretti,
Gara bishaan akka fedhanitti hin argamnetti,
Ashewaan garuu,
Wal dhokatani wal barbaaduu bakka itti hin taphatutti,
Gara gammoojjii naamootni xiqqoo fi garuu kennitoota ta'an
kana baga nagaan dhufte!

And then Samad met three gazelles.

"So this is what a desert gazelle looks like," Samad said.

"So this is what Samad looks like," one gazelle said looking at Samad.

Itti aansees Saamaad Waaliyaawwan sadi argate.

"Waaliyaan gammoojjii kana fakkaata." Jedaa jedhe Saamaad.

"Saamaad kana fakkaata edaa." Jedhe waaliyaan tokko gara Saamaad daawwachaa.

"Surprise," Samad heard from behind a rock. A desert fox emerged, excited.

"Why are you so excited?" Samad asked.

"I only come out at night, but today I came out in the daytime to meet you'"

Saamaad sagalee "nama ajaa'iba!" jedhu tokko dhagaa guddaa duubaa dhaga'e.

"Maal argatteeti laata kan akkanatti gammadde?" Jedhee Saamaad ishee gaafate.

"Ani halkan keessa qofan gadi ba'a ture. Harr'a garuu siin arguuf jedheen aduu saafaa kanaan ba'e dhufe." Jetteen.

"What is going on here?" Samad screamed. "Where is its head?"

"In the sand," an ostrich answered.

"Head in the sand?"

"Yes, ostriches can bury their heads in the sand."

"Asitti maaltu ta'aa jiraa? Mataan ishee eessa jiraa?" jedhee Saamaad iyye.

"Ashawaa keessa awwaalamee jira." Jettee deebiste Guchiin takka.

"Dhuguma mataan ishee ashewaa keessatti awwaalamee?"

"Eeyyee guchiiwwan mataa isaanii ashewaa keessa awwaaluu ni danda'u."

"Catch me if you can," the ostrich said and started running. "Running on sand is fun. Whoever gets to the oasis first wins."

Samad accepted the challenge and ran ahead of the ostrich.

"Eegasuu yoo dandeesse naqabi. Fiigichi ashawaa irraa akkamitti gammachiisaa dhaa." Kan dursee eela bira ga'e moo'ataa dha. Jettee Guchiin fiiguutti kaate.

Saamaad gaaffi ishee fudhatee dursee fiiguutti ka'e.

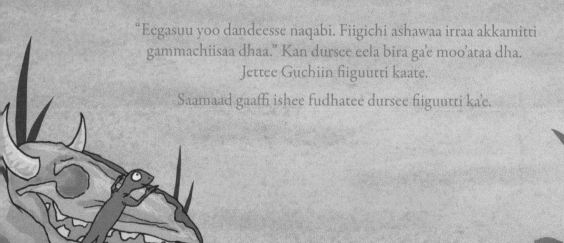

"I didn't expect to see a tortoise in the desert," Samad said.

"There are a few of us."

"How am I going to cross this dune to the oasis?"

"Don't worry, I'll carry you across," joked the tortoise.

"Qocaa gammoojjii keessatti nan arga jedhee yaadee hin beeku ture." Jedhe Saamaad.

"Kan as jirru xiqqoo dha."

"Akkam godheen gaara ashawaa kana ce'ee eela bira gahaa?"

"Hin yaadda'in baadheen siin ceesisa." Jedhee itti qoose qocichi.

"Hey Samad, I'll take you across the dunes to the oasis," a camel said. "But before that let's seek shelter because I can see a sandstorm coming."

"What! A sandstorm?" Samad exclaimed.

"Yes, a big sandstorm is approaching."

"Akkam jirta Saamaad? Gara eela gaara ashawaa kanaan dubatti argamutti siin fuudheen deema." Amma Garuu Abombolettiin dhufaa jiraachuun isaa natti mul'ata waan ta'eef bakka ofirraa dabarsinu haa barbaaddannu." Jette gaalli takka.

"Abomboleettiii maalii?" Jedhee gaafate Saamaad Raajeffamee.

"Eeyyee abombolettiin cimaa nubira ga'ee jira."

"Oh my God, this is scary," Samad said.

"There's sand everywhere."

"That's life in the desert. Just be patient,
it'll pass," said the fox.

After the storm had passed, the fox said.

"I can smell rain in the air."

Soon it began to rain.

"Yaa waaqa! Wanti kun baay'ee nama
sodaachisa."

"Bakkuma hunda kan jiru ashawaa dha."
Jedhe Saamaad.

"Jiruun gammoojjii irraa kan akka kanaati

Obsuu qofa. Ni darba." Jette Sardiidattiin

Abombolettiin erga darbeen booda
"Qilleensi rooba baatu

Natti urgaa'aa jira" jette sardiidattiin.

Battalumatti roobuu jalqabe.

"How lucky we are to have a few drops of rain in one year," the camel said as they ran around in the rain.

After the rain, Samad and his companions continued their journey into the desert.

Osoo bokkaan isaan irra yaa fiiganuu, "Waggaa tokko keessatti rooba cobu argachuun keenya milkaawota akkamii ta'uu keenyanii? Jetti Gaalattiin.

Erga roobni caameen booda, Saamaadiif hiriyootni isaa waliin bashannana isaanii gammoojjii irraa ittuma fufan.

"I can see water in the distance."

"There's no water there. In the desert you see things that are not there. It's called mirage."

"I'm thirsty what about you?" Samad asked the camel.

"I'm not. I can go for two months without water."

"Gama sanatti bishaan natti mul'achaa jira."

"Gama san bishaan hin jiru. Gammoojjii irratti wanta achi hin jirre argita innis balaqqeettii jedhama."

"Ani bishaan dheebodheera bar. Ati hoo hin dheebonnee?" jedheen gaalattii gaafate.

"Ani hin dheebonne. Bishaan malee hamma guyyaa kudha shaniif turuu nan danda'a."

"Look! There's an oasis down there," the camel said.

Argitee! "goda sana buutee eelatu jira." Jette gaalattiin.

On the way to the oasis Samad stopped and admired a desert plant.

Gara eelaa osoo deemaa jiruu, Saamaad dhaabbate biqiltuu gammoojii
takka dinqisiifannaan ilaale.

"Where does the water come from?" Samad asked.

"It comes from underground rivers," a frog replied.

"You mean there is water under the sand?"

"Yes."

"Bishaan eessaa dhufaa?" Jedhee gaafate Saamaad.

"Lageen lafa jala jiran irraa dhufa." jettee raachi takka deebisteef.

"Ashawaa kanaan gadi bishaan ni jira jechuu keetii?"

"Eeyyee."

"Wow," Samad said as he dived into the water.

"I'm so happy because my second dream has come true."

"Waaw!" jedhe Saamaad bishaan keessa erga seeneen booda.

"Abjuun kiyya inni lammaffaan waan dhugaa naata'eef gammadee jira."

And then after sunset a group of bats flew past Samad whistling, "Good night Samad."

Achiinis, yeroo Aduun lixxutti shimbirroowwan halkanii gareedhan Saamaad irraan balali'anii booda, "Nagaan buli Saamaad!" jedhaniin siiksaa.

"Look, a star is falling!" Samad said later.

"No Samad! It's not falling. It's a shooting star," the fox explained.

"Argitaa urjiin tokko kufuuf jetti." Jedhe Saamaad xiqqoo turee.

"Miti Saamaad! Urjiin kufaa hin jiru. Urjii darbatamtuu jedhamti."
Jettee sardiidattiin ibsite.

CPSIA information can be obtained
at www.ICGtesting.com
Printed in the USA
LVHW071747270722
724560LV00004B/80